Ach, übrigens…

Blablaphorismen 2

saemulanz

…vielleicht hat irgendwer das Folgende schon einmal gedacht, gesagt, geschrieben. Sie könnten möglicherweise Laotse, Konfuzius, Sokrates, Platon…heissen.

…warum ist das Meer das höchste aller Gewässer? - Weil es am tiefsten liegt.

…das Treten an Ort bringt einen nicht weiter.

...sei der du bist.

…Gelb ist mehr als eine Farbe. Sie ist ein Signal.

…Gelb warnt vor Gift.

…Gelb leuchtet.

…Gelb ist eine Lieblingsfarbe der
Blauen Reiter.

…wer mit Licht malt, malt mit den Farben des Regenbogens.

…der Regenbogen kennt kein Grau.
Dafür bedarf es der Wolken.

… auf dem direktesten Weg zum Ziel
geht viel verloren.

…wer sich nur im Kreis bewegt,
ist auf einem Irrweg.

…wer alles hat, steht vor dem Nichts.

…wer glaubt immer mehr haben zu müssen,
hat nie genug und bleibt unzufrieden.

...wer Newton widerspricht, erkennt den Regenbogen nicht.

…wer die Dankbarkeit nicht kennt, verpasst das Glück.

…helle Geister meiden die Dunkelheit.
Dunkle Geister dagegen.

…Vielfalt kann ein Zeichen
von Einfalt sein..

… zwei Linien, die sich schneiden,
bringen es auf den Punkt.

…mehrere Meinungen, die sich treffen, können es auf den Punkt bringen und dennoch falsch liegen.

…Menschen, die sich in einem Punkt einig sind, können trotzdem Differenzen haben.

…der Punkt ist die kleinste Gemeinsamkeit.

...am Anfang ist selten etwas vollendet.

…das Unvollendete hat seinen Reiz.

…Alternativen sind meistens eine Chance.

…Anerkennung kommt nicht von nichts.

...Alter garantiert keine Weisheit.

…Achtung ist der höchste Respekt.

…heute man Geehrte von den Sockeln holt.

…das Beste hält meist nicht, was es verspricht.

…am besten lässt man die Finger von Dingen, die man nicht verantworten kann.

…eine zweite Chance sollte man nie verweigern.

…wer andern eine zweite Chance gibt,
hat nichts zu verlieren.

…auch wer vollendet ist, braucht manchmal eine zweite Chance.

…jede zweite Chance ist ein Vertrauensbeweis.

…wer die zweite Chance nicht annimmt bleibt chancenlos.

…alle verdienen eine zweite Chance,
auch der Papst.

…ein Dach über dem Kopf ist noch kein Zuhause.

…was nützen die eigenen vier Wände ohne Dach über dem Kopf?

…ein Dach über dem Kopf, schützt vor Dämonen nicht.

…sich oft verbrennt, wer sich am
Drachenfeuer wärmt.

…die Dämmerung entscheidet zwischen Tag und Nacht. Am Morgen entscheidet sie sich für den Tag, am Abend für die Nacht.

…wem es dämmert, der erwacht auch nachts.

…der Anfang und das Ende sind Zwischenhalte auf dem Weg der Unendlichkeit.

…der Kreis kennt keinen Anfang und kein Ende und ist dennoch nicht unendlich. π bringt ihn auf die Strecke.

...es unendlich viele Kreise gibt.

…ist die Logik der Gefühle ein Widerspruch?

…wer Gefühle misst, ist auf dem Holzweg
zu einer Sackgasse.

…es lässt sich nicht alles verdauen.

…nicht alles was verdaut ist, ist vergessen.

…nicht alle Nachtschwärmer sind Tagträumer.

…der Baum der Erkenntnis trägt noch viele Früchte.

…Alpträume spielen oft in dunklen Tälern.

…wer von Alpen träumt hat selten einen Alptraum.

…die Augen sind die Verbündeten der Schönheit.

…man kann, ohne zu essen, auf den Geschmack kommen.

...Blumen sind Metaphern für das Paradies, auch Disteln.

…Schwarz ist bunt.

…nichts glänzt mehr als strahlende Kinderaugen. Auch Gold nicht.

…wer ein Herz für Kinder hat, ist auf dem Weg zum Glück.

…in Erinnerungen hat selbst Vergängliches Bestand.

…nicht alles ist wie man es sieht, auch
wenn es nicht scheint, wie es ist.

…wer mit Geräuschen täuscht, ist ein Vogel.

…Rosen ohne Dornen sind wie Vögel ohne Flügel.

…was beeindruckt ist nicht das Sandkorn sondern die Wüste.

…auch Dickhäuter sind verletzlich.

…je grösser die Menge von Leuten,
desto einsamer der einzelne Mensch.

…wer sagt, dass er lügt, sagt meistens die Wahrheit.

…wer sagt, ehrlich, dem traue nicht.

…Weinende sind nicht immer Trauernde.

…in Erinnerungen wird Vergangenes gegenwärtig.

…Vergangenes wird gegenwärtig auch wenn man sich an Erinngerungen erinnert, die der Urgrosseltern zum Beispiel.

...nicht alle Schulden lassen sich sühnen.

…man kann vergeben, dennoch bleibt die Schuld.

…ein goldener Käfig bleibt ein Käfig.

…die Freiheit ist keine Frage der Farbe des Käfigs.

…diejenigen welche mehr haben,
entscheiden, ob es für alle genug hat.

…manch einer der zuhören kann, reist
weiter als jene, die ständig weltweit
unterwegs sind.

...der Weg zu sich ist eine abenteuerliche Reise.

…es gibt Worte, die sind eine Seite wert.

…es ist traurig, wenn die letzten Tränen versiegen.

…nicht alle Hände lassen sich in Unschuld waschen.

…es gibt keine Seife, um sich alle Untaten vom Gewissen zu waschen.

…wer beichtet, muss bereit sein für die Tat
die Verantwortung zu tragen.

…wer seine Hände in Unschuld wäscht, macht sich verdächtig.

…manchmal ist Neutralität ein Synonym
für Feigheit.

…für den Esel gibt es nicht nur Schwarz und Weiss.

…ein Vogel, der den Kopf in den Sand steckt, kann nicht fliegen.

…vielleicht sind Utopien unsere letzte Chance.

…die überlebenden Realisten sind Träumer.

…Amateure haben für ihre Sache meist mehr Leidenschaft als die Professionellen.

…manchmal sind die Laien die besseren Fachleute.

…traue keinem, wenn du dir nicht traust.

…nur weibliche Bäume tragen Früchte.

…es gibt Dinge, die kann man nicht allein.

…vielleicht sollte das Gehirn lernen, auf das Herzen zu hören.

…Kunst ist immer Kunst, wenn wir sie als Kunst erkennen, auch ein Pissoir.

…einzusehen, dass man nicht alles kann, ist eine Stärke.

…nicht alles was einen gut dünkt,
tut einem gut.

…nicht ganz abwegige Gedanken mit einem Schmunzeln formuliert.

Zeitfracht Medien GmbH
Ferdinand-Jühlke-Straße 7
99095 Erfurt, Deutschland
produktsicherheit@kolibri360.de